Peter Voß
Gedichte

Peter Voß

ICH WANDER GERN, DOCH NICHT IN GRUPPEN

Gedichte

Verlag Vitolibro

Frühjahrsprogramm 2020

Satz: Bente Blasius
In Kooperation mit Quadriga Media
Mit einem Nachwort von Fritz Pleitgen
Cover: Marcel Franke
Autorenfoto: Wolf-Peter Steinheißer

ISBN 978-3-86940-138-6

Vorbemerkung

Könnte es sein, dass ausgerechnet heute, in einer Zeit, in der die gedruckte Literatur sich durch Algorithmen bedroht fühlt, die Poesie im weitesten Sinne einen Aufschwung erlebt? Dass das Bedürfnis nach dem analogen Erlebnis mit der digitalen Revolution wächst?

Vom Minnesang über die galante Poesie, die Weimarer Klassik und die Romantik bis zur vielfältigen Moderne war Lyrik immer eine Gattung, die es sich in einer Nische eingerichtet hatte – hier jedoch immer auch heiß geliebt wurde.

Heute erscheinen, in all ihren Formen, Novitäten mit Gedichten überwiegend in Kleinverlagen, aber auch in einigen größeren literarischen Häusern. Die neue Form des Poetry Slam gewinnt an Zuspruch. Und von der breiten Öffentlichkeit kaum wahrgenommen, gibt es geradezu Bücherfluten von selbstverlegter Lyrik. Sollten die nicht allesamt Gedichte kaufen und lesen – bevor sie schreiben?

Den Autor dieser Gedichte kenne ich seit gefühlten hundert Jahren, als wir Volontäre beim Göttinger Tageblatt waren. 1968 waren wir in entgegengesetzten politischen Lagern, respektiert und geachtet haben wir uns immer. Er war bis vor einigen Jahren, als er aus Protest austrat, immer treues CDU-Mitglied und machte eine beachtliche Karriere – umso erstaunlicher ist es, dass er nicht nur immer Gedichte schrieb, sondern auch öffentlich damit umging.

Er spielt mit den klassischen Formen und Inhalten – à la bonne heure, sie sind verdammt gut! Und ich bin stolz, dass er sie mir für diese Sammlung aus älteren und neuen Gedichten anvertraut hat.

In eigener Sache sei angemerkt, dass Peter Voß auch Robert Gernhardt zu seinen Vorbildern zählt, der ihn freundschaftlich ermutigte. Mir wiederum hatte Gernhardt im Jahr 2000, als ich Verleger des kleinen Europa Verlags war, eine Auswahl von Gedichten eines seiner größten Vorbilder zusammengestellt – von Heinrich Heine. Das Buch blieb weitgehend unbemerkt. So nehme ich denn die Gelegenheit wahr und veranstalte im Januar 2020 eine Neuausgabe "Poetisches Einmann-Orchester", so hatte er Heine betitelt und dies im Vorwort seinen "Heine-Spezialitäten-Teller" genannt. Und ich bedanke mich herzlich bei Almut Gernhardt, dass sie zugestimmt hat.

Folglich sei allen heutigen Dichtern empfohlen:
Lest Heine!
Lest Gernhardt!
Lest Voß!
Es ist zu Eurem Besten.

VvE

DIE EINTAGSFLIEGE SINGT IHR LIED

ZEITGESPRÄCH

Die Eintagsfliege spricht zu mir:

Ihr Leben sei von gleicher Dauer
wie meins, sie könne nichts dafür,
denn sie erlebe die Sekunde
zehnmal so lang wie ich die Stunde
und mehr, sie wüsst es nicht genauer.

Ich bin nach dieser knappen Kunde
nicht etwa auf dies Wesen sauer,
doch fasst mich eine leise Trauer,
noch eh die Fliege weiterfliegt;
mir ist schon klar, dass die nicht lügt.

Doch wär mein Dasein grad so kurz
wie das des armen Tierchens hier,
wär mir dies Dasein völlig schnurz
mit allem, was ich noch vollführ,
denk ich, der Dialoge müd.

Die Eintagsfliege singt ihr Lied,
sie singt, wie sich die Erde dreht,
sie singt sich selbst dem Ende zu,
singt nebenbei auch mich zur Ruh,
es ist an diesem Tag schon spät.

Sie singt von Relativität
und wie gar nichts für sich besteht
und taumelt wie vor Kummer blind
dahin im kalten Abendwind,
vom Himmel fällt ein Regenschauer.

Ich leb noch weiter, wie man sieht.

KUNST

Es liegt was
in der Luft.
Ich trau mich nicht,
danach zu greifen.
Sie nimmt es sich heraus,
taucht es ins kalte Bad
und zieht es an. Ein Kleid,
das manchen freut, ich aber
sag mit Neid, das ist doch
keine Kunst, das hätt ich
auch gekonnt.

Mag sein, sagt sie, doch du
kannst es nicht tragen.

VERSÄUMNIS

W. Busch in seinen alten Tagen
vergaß, den Kritikern zu sagen,
Kritik wird oft nicht schön empfunden,
weil im Effekt mit Schmerz verbunden.

Ein Mensch, sensibel wie er ist,
vergisst, zumal als Journalist
doch leicht, wie er mit wenig Gift
den andern in der Seele trifft.

So wird, darfst du sie selber üben,
Kritik mit Lust von dir betrieben,
Kritik, die man an dir verübt,
ist deutlich weniger beliebt.

Und weil, wenn noch nicht ganz verholzt,
du dies erkennen kannst und sollst
brauchst du, und tut's auch dir mal weh,
brauchst du – und nötiger denn je.
Kritik.

GEDULD

Geduld, ich warte hier,
ob der entwischte Fisch
noch einmal auftaucht.

Ich mag die Angler nicht,
wenn sie den Wurm
auf Haken spießen.

Was nützt mir noch mein Netz,
das alte Stück mit viel
zu großen Maschen.

Ich kann nicht singen, leider,
sonst lockte ich den Stummen
mit meiner Stimme.

Doch wenn er wirklich wieder
zu mir heraufsteigt, werde
ich singen können.

RABEN

Zwei Raben flügeln durch den Dunst
und landen krächzend in der Nähe,
sie spreizen sich im schwarzen Kleid,
als buhlten sie um meine Gunst,
und bringen mich zur rechten Zeit
um die verfrühte Abendruh.

Ich aber höre nur ein "Wehe!"
heraus aus ihrer Sangeskunst,
als blitzte mir der alte Gott
einäugig in den Alltagstrott
noch eine späte Warnung zu,
doch nachzufragen wär tabu.

Ich seh das glänzende Gefieder
und träum, es wärn die rauen Lieder
mir tief vertraut und wir wärn Brüder
seit jener Zeit, und ohne Müh
entflög ich durch die Luft wie sie
zum Alten Herrn und käm nicht wieder.

SONNTAGMORGEN

Die rauen Nächte plagen dich mit Stürmen –
du willst doch wohl nicht in den Süden türmen
vor Odins Jagd, scheint auch ihr Zeitvertreib
wie zur Vergeltung einer Welt geschuldet,
die nur das Ich-Event als Mythe duldet.

Du siehst den Warnhinweis der Isobaren
und willst gleichwohl als Kerl die See befahren,
gibst dich gefechtsklar, hoffst auf Kampfeslärm
und stichst mit Trockenobst und Dörrgemüse
in fremde Meere, kneift's auch im Gedärm.

Schon jagt das Kämpferherz die Tränendrüse
ins Bockshorn, wo sie nur noch leise weint,
der Smutje schmeißt ein Steak aus der Kombüse
ins Meer, auf das nun doch die Sonne scheint,
indes ein Hai den Kapitän entbeint –

Der über Bord fiel, höchstwahrscheinlich blau,
weil schon zu lang entfernt von Kind und Frau,
und selbst die Haiin (denn es ist ein Weib)
befällt ein Weh im nunmehr satten Leib,
doch hat auch sie ein Junges zu versorgen.

So geht es zu an diesem Sonntagmorgen,
was selbst dem Ego nicht geheuer scheint,
das zwar am Zweifel an sich selbst nicht krankt
und keinem Schöpfer traut, geschweige dankt,
doch sehr um seine Vorzugsstellung bangt.

NACHTLEBEN

Wenn die Nacht zur Neige geht,
wird die Poesie konkret,
doch nicht die auf dem Papier,
sondern ihr Motiv in mir,
denn ein Schub Testosteron
oder was da in mir gärt,
treibt mich in die Nacht davon –

Wo ich, klar doch, eine Schöne,
meinem Finderdrang zum Lohn
leiblich-seelisch mir ersehne,
mehr noch, umstandslos begehre,
doch es träf mich in der Ehre,
müsste ich mir eine kaufen,
gar mit Kerlen um sie raufen –

Wo ich doch gewiss verlöre.
Soll ich mich ins Koma saufen?
Traurig trotzig trab ich heim,
mach, ernüchtert oder nicht,
mich noch einmal ans Gedicht,
treib's noch mal mit Vers und Reim.
Schreib es hin im ersten Licht.

HULDIGUNG

(zum Peter-Huchel-Preis 1993)

Übrigens müsste man
mutiger reden,
etwa wie jene
berühmte Sarah,
die herbstlich
im Kirschbaum hockt,
die Zwiesprache hält
mit dem Wind
und traurig lächelt,
wenn hin und wieder
ein Sommertraum
dunkelrot reif
ins Gras fällt.

Bald wird er
Erde sein.

GÜSTROW

für H.-J. Mauersberger

Im Dom
der Schwebende.

Barlachs Engel,
der nicht schweben mag,
so schwer vom Erz
und schwerer noch
von schuldlos schuldigen
Gedanken, hängt er
an der Eisenkette
und an seidenen Fragen.

Ob endlich hält,
was Halt verspricht.
Ob Bilder all die
Bildvertilger überdauern.
Und auch, wie schwer
Sein Zorn, wie schwer
noch eine Gnade wiegt,
die keiner mehr erfleht.

Auch wir nicht.
Also lass uns
weitergehn an Orte,
wo die Himmel offen

sind und Zweifel ragen
wie diese Mauern hier,
die das Gewölbe
und den Engel tragen.

DUINO

Gewaschen von der Seeluft,
hält sich das Schloss hell glänzend
auf der Klippe.

Er liegt in einem viel zu großen
Saal in einem viel zu großen
Bett und muss sich selbst
genügen, doch nicht ganz.
Da wäre noch der Engel,
der ihn heimsucht. Und:
Preziöseste Gefühle, die er
über Tag in der Vitrine
ausstellt, droht ein bohrend zäher
Kopfschmerz zu zertrümmern.

Und Rilke, wie im Fieber, grübelt,
ob das Schöne wirklich seiner
Schrecken Anfang und so auch
das Hässliche des Schreckens Ende,
wenn nicht gar des Guten oder,
mehr noch, alles Heiteren Anfang
sei, ja, ob das Schreckliche
im Schönen nicht sein Dasein habe
wie der Wurm im Obst, der Krebs
im Körper eines Kindes.

Und umgekehrt? Jedoch
was soll hier Logik. Außerdem
kann er die Antwort nicht zu Ende
denken wegen der Besucher
hinterm Sperrseil, die in Haufen
durch sein edles Dulden schlappen,
unaufhörlich murmelnd wie das
Meer, das draußen in der Tiefe
mit den Klippen spricht, indes
der Engel schweigt.

PALMSTRÖMS CHRONIK

(Nachtrag I)

Palmström bucht mit seinem Freund v. Korf
Erlebniswochen im globalen Dorf,
wo jeder jeden, wie sie lernen, scannt
und jeden permanent und transparent
bis in die letzte Seelenfalte kennt
und, was in Herzensgründen, Hirnsynapsen
noch kaum geahnt wird, mühelos durchschaut.

Und keiner muss nun mehr im Dunkeln tapsen,
sich fragend, beispielsweis, ob eine Braut
sich heimlich anschickt, anderwärts zu lieben,
indessen er mit Kleidern, Schmuck und Geld
sie noch verwöhnt, die ihn zum Narren hält –
er weiß Bescheid wie sie auch über ihn,
und beide sparn sich die Theatermühn.

Dergleichen muss zwei ältere Herrn betrüben
und fürchten lassen, jeder Trottel wisse
Intimes nun, das nicht ans Licht gehört –
dass etwa einen still die Muse küsse,
die just den andern leider nicht erhöre,
der nun gekränkt in seiner Ehre wäre,
ja mehr, sein Weltvertrauen wär zerstört.

Zu abgeklärt, um diesen Ort zu hassen,
zu aufgeklärt, um sich noch anzupassen,
wo all die kleinen Überwacher eben
sich als des Offnen wahre Hüter geben,
bleibt ihnen nur, die Gegend zu verlassen,
ihr ungesäumt und klaglos zu entschweben,
um wie vordem in Vers und Reim zu leben.

ZWEI REISENDE

(Nachtrag II)

Palmström weiß wohl, wo und wie
man zu zwein die Welt durchstreife,
zieht mit Korf so manche Schleife
durch die Lande, die sie lieben –

Um ein Leben einzuüben,
das zum Klaren aus dem Trüben
und mithin zu wahrer Reife
führen soll. So wandern beide
hin durch manche Augenweide,
bis sie ganz von Bildern satt.

Nur nach Böhmen reisen sie
leider nie (– dies fand nur statt
in den Versen voll Genie
des, der sie erfunden hat).

Was zur alten Frage führt,
die das Sein im Grund berührt
und die Geister jeder Zeit
immer wieder herb entzweit,
nämlich, ob die Poesie,
wenn sie das Gefühl ergreife,

Nicht als wahre Wirklichkeit
sich dem Weisen müsst' erweisen –
was die beiden, die da reisen,
freilich für entbehrlich halten.

KLEIDERORDNUNG

(Nachtrag III)

Palmström lehnt nicht unbedingt die Ganz-
körperverhüllung ab, er findet nur,
sie gehe arg zu Lasten der Figur,
die man doch gern an schönen Frauen rühme –
und störe sie denn nicht auch sehr beim Tanz,
beim Schwimmen und noch andern
  Lustbarkeiten?

v. Korf mag dies nicht rundheraus bestreiten,
jedoch sich auch nicht allzusehr deswegen
erregen und hält knapp und kühl dagegen,
in manchen Fällen sei's doch wohl ein Segen
(und nicht nur ein verirrter Mummenschanz
von kulturell befremdlicher Natur).

Palmström wiederum gibt zu erwägen
(und dies in eine Burka eingehüllt,
was selbst für Korf ein ungewohntes Bild),
dass sich dies Kleid dann auch dem Manne
  zieme,
und demonstriert, obwohl er es nicht mag,
just so gewandet, am Weltfrauentag.

PUPPENSPIELER

Die hölzernen Helden, wie ich sie liebe,
wenn sie mit den Gliedern schlenkern
und lustvoll ihr Mütchen kühlen –
erst gibt es Gelächter, dann Hiebe.

Sie fürchten sich nicht vor den Krokodilen,
vor Teufeln, Hexen und Henkern,
nicht vor all dem geschnitzten Gelichter
und nicht vor den großen Gefühlen.

Ich kann sie mir leider nicht selber schnitzen,
schon gar nicht ihre Seele besitzen,
ich muss auf Geringeres zielen.

Vorausgesetzt, dass ich fleißig übe,
darf ich dann wie andere böse Wichter
auch mal mit den guten spielen?

MINNESANG

Ja, wäre ich der Herr Walther,
der von der Vogelweide,
ich streifte noch im Alter
nostalgisch durch die Heide.

Ich ließ auf meinem Lehen
wohl leben, wer da wollte,
indes ich still mich trollte,
ein Sänger wird's verstehen.

Ich säß auf keinem Steine
und deckt ich Bein mit Beine,
dann wär's im Morgenscheine,
und ich tät's nicht alleine.

Das wär beileib nichts Neues,
vielleicht nicht mal des Sangs wert,
doch allemal des Danks wert –
mein Liebchen wär kein scheues.

Kein treues, doch ein schönes,
und glaubt mir, ich erwähn es
nicht um mich aufzuspielen
mit Morgenrot-Gefühlen.

Fliegt er dann fort, mein Falter,
wird's eben Zeit zu gehen –
was wird mit meinem Lehen?
Frag einfach den Verwalter.

MODERN ART BLUES

für Frank Elstner

Ich schleich mit meiner Oma
nach Mitternacht durchs MoMA,
sie hat sich's ausbedungen
und mich hier hergezwungen,
mag sie auch schon bejahrt sein,
sie liebt, was schräg und wild ist,
wenn's irgendwie ein Bild ist,
muss es die Avantgarde sein,
und wär's auch die von gestern –
nun ja, ich will nicht lästern,
denn sie studiert die Bilder
wie ich die Straßenschilder,
und lungern da Skulpturen
wie nah im Park die Huren,
als rissen sie grad Witze,
das findet Oma Spitze!

Sie sagt, bei Nacht besehen,
kann sie die Kunst verstehen,
weshalb sie staunt und schaut,
bis dass es draußen graut,
doch dann geht's unverzüglich
zurück in das Appartement,
und Oma ist so glücklich,
weil sie die Modern Art kennt!

Sie steht kokett vorm Bett
und lächelt lieb und lüstern,
doch ich lieg halb im Koma
und hör sie nur noch flüstern:
Dich mag die Kunst verdüstern,
die dich nicht retten kann –
nach dieser Nacht im MoMA
schau ich Manhattan an.

SONNENBLUMEN

Ein Kunstgespräch
(November 2018)

Noldes Blumen wieder da –
Ach ja?

Nicht ganz klar, wer die einst stahl –
Egal.

Und im Funk, dem dies geschah,
kannst du bald das Werk besehn,
seine Farben, seine Kraft,
seines Schöpfers Meisterschaft –
Wie schön!

Schließlich können sich die meisten
selber so ein Bild nicht leisten,
ob sie's noch so sehr entzückt,
denn der Kunstmarkt spielt verrückt
schon so lang, da wird's uns bang –
Stimmt.

Nur noch, wer im Gelde schwimmt,
kann auf Augenhöhe bieten,
und so manche, die es können,
scheinen mir, wie soll ich's nennen,
zweifelhaft in ihrem Rang –
Edelnieten.

Unsereins muss übers Jahr
auf den nächsten Sommer warten,
bis sie auch in seinem Garten
groß und rund und sonnnenhaft
ihm erblühn –
Immerhin.

Doch den Meister muss ich loben,
der im Norden hoch da droben
seinen Auftrag ganz erfüllt
hat und seiner großen Kunst
treu blieb auch im braunen Dunst –
Nun ja, nun ja ...

Gut, zu Anfang schien er auch
wie berauscht vom braunen Hauch,
später hat er's schlau kaschiert
und sein Selbstbild retuschiert –
Ja nun, ja nun ...

Mancher war da nicht immun,
lassen wir das also ruhn
vor diesem Bild –
Das wolln wir tun.

FESTSPIELE

Wagner, Wagner, welch Bombast,
und wie er die Juden hasst,
Held und Heiland mimen will.

Adabeis im Promikleid –
schon der Auftrieb in Bayreuth
gibt der Ratio den Rest.

Weltkunst, Scharlatanerie?
Ach, selbst wenn man's gar nicht will,
beugt man sich dem Kraftgenie,

Schlagen fast auch aufs Gedärm
Stabgereim und Mythenmüll,
Todesrausch und Leidenslärm.

Trost bringt das Oktoberfest,
wo uns ordinäre Leut
auch ein Heidenlärm erfreut.

DER ZÖLLNER

War ein Zöllner, hieß Rousseau,
und er malte doch nicht so
ganz naiv die Bilder hin,
wie man ihm, es sei beklagt,
gern und lange nachgesagt,
hat er sie doch raffiniert
komponiert und ausgeführt.

Sieh das Tiger-Tropenbild,
nichts darin ist wirr und wild,
sieh nur die Zigeunerin,
die wie tot am Boden ruht,
hingestreckt im dunklen Land,
und du fragst dich, was genau
denn nun gleich der Löwe tut,
tut er ihr was an, der Frau?

In den Augenblick gebannt,
fragst du nach des Bildes Sinn –
klar, dass es um Träume geht,
was nicht heißt, dass man versteht,
was der Traum dem Träumer zeigt,
wenn ein Maler malt – und schweigt.
Mach's wie er und nimm es hin.

MORGENSTERNS HUHN

Einsam war ich
schon immer, jetzt bin ich
auch noch allein.
Ein bisschen Leben
musste ins Haus,
ein Hund, eine Katze,
ein Schwein, ich entschied mich
für Morgensterns Huhn,
das mich von unten
schief ansieht, den Boden
bekleckert, macht nichts,
die Fliesen sind leicht
zu wischen.

Abends nippt es
an meinem Rotwein
und dankbar begackert
es meine Verse,
und wenn in der Nacht
die Züge durchs Tal
donnern, macht mich
ein fernweher Pfiff
wach für ein zweisames
Frühstück mit Ei.

WINDBEUTEL

Probier mal,
der Windbeutel,
sagt meine Mutter,
ist ein Gedicht.

Viel zu viel Sahne,
wende ich ein,
und zu viel Süße
und zu viel Luft.

Werd erst mal groß,
sagt meine Mutter,
was weißt denn du
von Gedichten.

FAHRN WIR RAUS,
DELPHINE SCHAUN

MEERWUNDER

Fahrn wir raus, Delphine schaun,
ihrem Spiel und Glück vertraun.

Als geschäh's nur mir zur Lehre,
seh ich, wie sie aus dem Meere
leicht und kraftvoll aufwärts schnellen,
seidig glänzen über Wellen,
lässig tauchen sie dann ein,
frei von meiner Erdenschwere.

Einmal nur wie sie zu sein,
wenn's denn irgend möglich wäre –
übte ich es auch tagtäglich,
quälte mich dabei unsäglich,
scheiterte ich dennoch kläglich,
würde, weil zu unbeweglich,
kühl zurück ans Land verbannt.

Läge wieder faul am Strand,
hörte draußen auf dem Sand
eine Robbe bellen.

QUALLENGLANZ

Wie die Meduse schwebt,
in der das Licht sich bricht
im Meer, in dem sie lebt,
sich mit der Welle senkt und hebt
und still pulsierend weidet.

Wie zart sie scheint im Licht,
die sich kaum unterscheidet
von der Substanz, aus der du auch
gemacht bist, wenn auch leider nicht
so seidig transparent.

Sie treibt so leicht dahin,
als wär nur dies ihr Daseinssinn,
indes sie doch mit ihrem Gift
wie nebenbei die Beute trifft,
lautlos, die Räuberin.

Doch ist das von Gewicht?
Sie glänzt im Element,
im Unerschöpften der Natur,
ein Abglanz jener Macht, die nur
ein Tor beim Namen nennt.

MÖWENLIED

Die Möwen sehn durchaus nicht aus,
als ob sie Emma hießen,
sie fliegen kreischend übers Haus
und niemand mag sie schießen.

Sie schmecken, sagt man, stark nach Tran,
kein Mensch mag sie verzehren;
der Mensch, er muss sich, so er kann,
halt anderswie ernähren.

So ist der Name wieder frei
für flotte junge Damen,
die Emma heißen, dafür sei
die Zeit gepriesen. Amen.

II

Die Emma, die ich kenn, sieht nicht
wie eine Möwe aus,
ihr Denkflug dünkt mich eher schlicht
und ihr Geschrill ein Graus.

Doch hackt ihr Schnabel oft und scharf,
wie wenn sie eine wär,
sie kann verletzen, bei Bedarf
auch nachhaltig und schwer.

Gleichwohl dank ich dem Dichter, der
den Flug der Möwe preist,
vergessend, dass ich mich dran stör,
wenn sie just Emma heißt.

Und fliegt sie hin wie im Gedicht
so schön, doch namenlos,
als wäre Anmut Möwenpflicht,
würgt mich im Hals ein Kloß.

HEUTIGES VOM HUHN

Kein Huhn geht heute einsam mehr
in Bahnhofshallen hin und her,
es geht vielmehr, und massenweise,
in Güterzügen auf die Reise
und öfter noch per Lkw.

Und dies, nachdem, soweit ich seh,
sein kurzes Leben ward verbracht
auf engstem Raum, bis man's geschlacht'
und, kollektiv gekühlt, verfracht'
in all die Einkaufsmärkte hat.

Bald macht es Mengen Käufer satt –
vielleicht sitzt einer in der Bahn
und schaut, was Landschaft heißt, sich an
und seufzt, fänd ich doch einmal nur
Natürliches in der Natur.

AM ANDENKAMM

Am Andenkamm das Geierlamm
floh panisch, als der Geier kam,
der schon das Tier im Namen trägt,
das er mit seiner Klaue schlägt.

Es stürzte in die Andenklamm
und ward des Geiers Abendbrot,
da war's vermutlich eh schon tot,
man hat schon Schlimmeres gehört.

Den Geier hat es nicht beschwert,
was einer, der nicht lügen mag
wie ich, durchaus nicht rügen mag,
so ist sie eben, die Natur

In jenen Höhen, kalt und fern,
wir fahren da nicht hin zur Kur,
wir bleiben in den milden Breiten,
hier können Kinder Pony reiten

Und auch auf einem Lama gern,
auf Höhen, lieblich und human,
vom Himmel blinkt der Morgenstern,
und wir ernähren uns vegan.

ROTE LISTE

Der graue Mauerbrüter meidet Hof und Haus,
im Hochgehölz der Morgentrommler
  schweigt sich aus,
der Klippenkreidebeißer
  dreht noch seltne Runden,
der Perlmuttschnepf
  hat nur im Zoo noch seinen Ort,
der Rotschwanzrüttler lebt auf Postern fort,
auch Pfeifrohrhuhn und Schnatterralle
  sind verschwunden,
und wer sie kennt,
  vermisst die Paarungs-Schreie
der nachtaktiven Silberlöffelweihe.

Der Hügelhupf hüpft einsam noch
  durch's Wildgehege,
vom Pfaffenpfau
  liegt nirgends ein Gelege,
die Plumpfußgans
  versteckt sich tief im Moor
und kommt nur noch in strengen Wintern vor,
die eher selten sind, wie man als Kenner weiß,
denn auch dem Packeishäher
  fehlen Pack und Eis,

und selbst der Große Nestbeschmutzer
  ist entflohen,
indes ringsum die Windkrafträder drohen.

DER WISENT

Ein Wisentstier, nebst Kalb und Mutter,
stapft schweren Schritts durch die Natur,
er strebt gemächlich hin zum Futter
und blickt doch wild wie einst der Ur.

Vor Zeiten zwar schien er vernichtet,
doch ward er dann wie anderes Vieh schon
von Menschen mühsam rückgezüchtet,
sehr hilfreich, weiß man, war der Bison.

Dem Wisent wird's vermutlich recht sein,
zwar äußert er dazu kein Wort,
doch setzt er machtvoll sein Geschlecht ein
und pflanzt sich mit Vergnügen fort.

Und fragte man ihn, ob's denn lohnt,
für diese Welt sich fortzuzeugen
in Wäldern tief, die er bewohnt –
er würde, und mit Würde, schweigen.

HAHNENKÄMPFE

Wenn zwei alte Gockel gockeln,
spreizen sich auf ihren Sockeln,
aufgetürmt zwar nur aus Mist,
wie's am Land noch manchmal ist –

Leiden sie zwar leichte Qualen,
sind sie doch durchaus Rivalen,
doch sie spüren frische Kräfte,
und im Innern steigen Säfte –

Und nicht heimlich oder klamm,
denn sehr sichtbar schwillt der Kamm,
sie beweisen Herz und Leben,
würden noch mal alles geben –

In der Liebe wie im Streit,
krähn es stolz hinaus zu zweit,
während drauß die Bauern ackern
und die Hühner sich begackern.

DIE LUMME

Nachts an der Krummen Lanke
singt eine kranke Lumme –
die Liebe schlug ihr Wunden:
"Ick will keen' Kerl, nein danke,
da bin ich bloß die Dumme."

Da naht wer aus den Bäumen
und raunt – sie scheint zu träumen:
"Was sind das für Sperenzien,
so wirst du nie gesunden.

Schau, wie die Detergenzien
schön auf dem Wasser schäumen,
wie wenn die Göttin Venus
hier einmal noch erschiene,
wie schade, dass ich gehn muss,
ich habe noch Termine."

Kaum lässt er sie alleine –
wie muss das Herz ihr bluten –
wirft sie sich in die Fluten,
man sieht noch kurz die Beine,
hört Martinshörner tuten.

Sie wird nicht mehr gefunden,
der Kerl ist eh verschwunden,

er mag’s schon so gewohnt sein.
Die Lanke glänzt im Mondschein.

DIE TULPE

Auch dieser Kelch
verschließt sich
meinem Gram:
Sie kam,
wie vor ihr andere
aus dem Morgenland,
war mir gesandt
aus meiner Märchenwelt,
und ich, der Märchenheld,
stand auf und fand,
es sei an mir, die Schöne
von allen angestammten
Fesseln zu befreien.

Doch statt mit ihr
an ihrem fessellosen
Blühen mich zu freuen,
begann ich bald, das Spiel
von Mut und Leidenschaft
still zu bereuen,
denn wie die andern hier,
ob Rosen oder Nesseln,
blüht sie für sich
und nicht für den Entflammten
und schlägt ganz ohne Scham
den Weißen Ritter, mich!
in Fesseln.

SEMANTISCHE FAHRT

Tief im Weltmeer der Semantik
liegt sie noch, die Stadt Semantis,
die vor Zeiten unterging.

Mit ihr hat es die Bewandtnis,
dass ich sie, gleich jenem Ding,
das der große Kant an sich
irgendwie dem Sein verglich,
zwar im Wortschatz horten konnte,
aber niemals orten konnte –

Ob ich auch auf Wogen schlief,
auf dem Ozean der Worte
sacht im Boote schaukelnd träumte,
wie die Göttin mich umschäumte,
ja, erheitert mich umfing,
bis mich eine Glocke rief.

Noch im Scheitern waterkantig,
lachte ich, halb im Erwachen,
kenternd mein Klabauterlachen

AUSBLICK

Hat die Suche hier ein Ende
oder wird es ihr Beginn –
über blaue Buchten hin
seh ich Segel, Uferwände,
seh ich Palmen, seh die Pinien,
weiße Würfel im Gelände,
schmaler Schiffe Schattenlinien.

Lag er hier, der Garten Eden,
den ich nicht zurückbegehr –
mag, wer's mag, darüber reden,
schon die Frage wird mir schwer,
und ich schwimm hinaus ins Meer,
schwacher Schwimmer, der ich bin,
und glaub an meine Wiederkehr.

SCHWALBENZEIT

Die Jägerin, zurück
gekehrt, schießt lautlos
zwischen Haus und Himmel
hin und her, geschäftig,
elegant und scheinbar ohne
Gier und Mordlust.

Kein Neid besteht,
Bewunderung nur
vor einer Schwalbe, die
den Sommer macht.

II

Die Schwalben sind fort,
und früher als sonst,
wie ich hörte, die Gründe,
die hab ich vergessen.

Vergesse jetzt mehr
als früher, langsam wird's
lästig, ich zöge am liebsten
mit übers Meer, könnt ich
mir sicher sein, dort nur
zu landen, wo ich mich
nicht finde.

WEISSE STREIFEN

Klar lernte ich, dass sie der Atmosphäre
sehr schaden, ich beherzige die Lehre
und fliege kaum mehr und muss doch gestehen:

Die weißen Streifen, die das Blau durchkreuzen,
sie zählen nicht zu den geringsten Reizen
des Himmels, die mir allzu rasch vergehen
in Winden, die so hart dort oben wehen
wie sie hier unten zart die Haut berühren –

Als wollten sie mich alten Kerl verführen,
mich noch zu Gipfelhöhen aufzuschwingen,
als stünd's mir zu und wäre zu erzwingen,
dass ich dort finde, was ich hier vermisse,
und lachhaft wären alle Hindernisse.

HÖHENFLUG

für Vanessa Pleitgen

Endlich, der Flieger schwebt
und hebt mich über alles,
hebt mich wie einen Sieger
hoch hinaus, als käme
es nie zum Fall des Falles.

Mir ist so leicht, als lähme
mich nicht die Erdenschwere,
die alles runterdrückt,
und nicht die Weltraumleere,
die schluckt, was lebt und glückt.

Mir ist so leicht, als wäre,
was ich zu sein begehre,
aus blauem Dunst gewebt.

REISEBILDER

für G.

Fehlt dir in diesen Zonen des Ermüdens
nicht auch das Hügelland im Licht des Südens,
der Blick aufs Meer, vom Wind nur leicht
bewegt,
der Ölbaum, die Zypresse und am Hang der
Ginster,
selbst in der Ödnis Skorpion und Schlange?

Mir wär's wohl dort vor keiner Fährnis bange
und in der Seelenhöhle nicht so finster,
wo jetzt ganz anderes Getier sich regt –
magst du nicht mit mir ins Lavendelland,
das uns mit seinem Licht die Furcht verbannt?

II

Du bist auf Reisen, und ich warte,
mein Herz, auf deine Ansichtskarte,
und keine Message oder Mail
ersetzt mir hier, worauf ich zähl –

Ein Bild, altmodisch koloriert
und eher lässig retuschiert,
als wüsste, wer das fabriziert,
wie der bemühte Schein mich rührt –

Die Burg, der Berg, der Wasserfall,
die blaue Bucht, der Sonnenball,
der, abendmüd und rot entzündet
vom langen Tag, im Meer verschwindet –

Ein Bild, um heiter zu verweilen,
gestärkt auch von den knappen Zeilen
zum Wetter, und wie schön es wär,
käm ich dir schleunigst hinterher –

Denn deine Handschrift sagt mir mehr,
als die paar Worte, die du wählst,
wenn du mit leichter Hand erzählst,
wie ich dir fehl, wie du mir fehlst.

FUSSNOTE

Ihr armen kalten Füße
beschwert euch in der Nacht
und fordert, dass ich büße,
ich hätt euch kalt gemacht.

Ihr trugt mich treu wie Brüder
und hieltet mich auf Trab,
dann war es mir zuwider,
da warf ich euch halt ab.

Muss seither fußlos leben,
ich nehm es klaglos hin
und möcht' mir eine kleben,
fragst du mich nach dem Sinn.

Du lebst auf schönen Füßen,
du kannst das nicht verstehn,
komm her und lass dich küssen –
was ist, du willst schon gehn?

LEISES FLAPPEN

Leises Flappen der Markise
und ein Himmel, rein und leer,
drunten Lämmchen auf der Wiese
und im Grund der blaue See –
ohne Eile treibt der Kahn
auf der leichten Strömung her,
und ein Schwan, so weiß wie Schnee,
rudert lässig gegenan.

Aus dem Haus riecht's nach Kaffee,
durch den Himmel schießen Schwalben,
durch die Bäume pfeift es hohl,
und ich seh, der Kahn ist leer,
und es tönt, wie wenn am Pol
hoch im Nord die Gletscher kalben,
oder woher kam dies Krachen –
steht im Schrank noch das Gewehr?

SCHLOSSPARK

Schau, dort unter'm grünen Hügel,
im Palais mit Turm und Teich,
das ich kenn,
steht ein eleganter Flügel,
Elfenbein – und elfengleich
schweben Klänge, wunderbar,
von Chopin.

Treibt da etwa eine Leiche
auf dem Teich, schon etwas starr
und keins von den jungen Dingern,
sondern eher eine reiche
aus dem Kreis betagter Tanten
mit Brillanten an den Fingern
und am Hals?

Jedenfalls
ist hier nichts mehr, wie es war,
liegt das Land auch still und heiter,
Lerchen steigen auf ins Blau,
dort am Baum lehnt eine Leiter,
doch verfallen scheint der Bau,
und den Fenstern fehlt das Glas.

Komm, das Gras
ist zu nass, wir ziehen weiter

zum Hotel mit kühler Bar,
großem Pool und breiten Betten,
darfst mir dort das Leben retten,
und ich wühl in deinem Haar.
Alles klar?

RAPUNZEL

Kämmt sie auch ihr goldnes Haar,
anzuschauen wunderbar,
kommt kein Königssohn in Sicht,
mag sie kämmen oder nicht.

Hoffend schaut sie von der Burg,
drunten wühlt der Demiurg,
fügt und formt der Erde Kraft,
müht sich, dass er was erschafft.

Damen etwa, hold und blond,
die er doch so gut gekonnt,
aber ob's die Müh noch lohnt –
droben schweigt ein bleicher Mond.

Manche beibt im Herzen leer,
einsam nicht von ungefähr,
denn er stellt, so will's die Mär,
Hohe Herren nicht mehr her.

Rings der Wald liegt ohne Jagd,
während nachts ein Käuzchen klagt,
fern im Dorfe bei der Magd
liegt der Knecht, was ihr behagt.

VOM TATZELWURM

für Sophia, Charlotte, Greta, Johanna
und Hugo

Um den Turm
heult der Sturm,
drinnen heult der Tatzelwurm.

Weil er schlief,
und zwar tief,
als die Prinzessin ihm entlief.

Und er schwört
hoch empört,
das sie bald wieder ihm gehört.

Doch er irrt,
denn er wird
mit Trug und List von ihr entführt.

Hockt im Loch,
träumt nur noch
und hofft, es hätt ein Ende doch.

Kommen Leut,
tun gescheit,
was eher sie als ihn erfreut.

Sie erklärn
ihren Görn,
was die schon in der Schule hörn.

Wer ihn liebt,
lernt betrübt,
dass es ihn nur im Märchen gibt.

Was zumeist
nicht viel heißt
und den Kindern nichts beweist.

Da – ein Knall,
bis ins All
schallen Hall und Widerhall.

Da, schau her,
welch Malheur,
dieses Wesen ist nicht mehr.

Musst nicht plärrn –
hoch und fern
zieht ein stolz geschweifter Stern

Seine Bahn –
schöner Wahn,
selbst die Prinzessin schaut ihn an.

Schaut dann weg
ohne Schreck
und schminkt sich einen Schönheitsfleck.

EIN ZUG PFIFF DURCH DIE NACHT

DIE AMSEL

Ein Zug pfiff durch die Nacht,
die Amsel erwiderte den Gruß,
Hufe klackten aufs Pflaster,
die Pferde schnaubten, mein Großvater
fuhr uns zum Bahnhof der Kleinstadt,
meine Mutter und mich,
es wurde schon Morgen.

In der Kiesgrube neben der Landstraße
sammelten sich Soldaten, unsere,
sagte mein Großvater, die armen
Kerle, jetzt ist es bald vorbei.
Jetzt kommen die Wunderwaffen,
sagte meine Mutter, der Führer
lässt uns nicht im Stich.

Wie es kam, nahm ich später nie
ein Gewehr in die Hand, außer
an einer Schießbude, wo ich eine Rose
aus dem Tonröhrchen schoss
für meine Begleiterin, da war ich
schon aus der Kindheit vertrieben, obwohl sie
kein Paradies war.

Ich weiß nicht, ob Züge noch pfeifen,
aber ich höre die Amsel.

TRÜMMERLIEBE

Hinter Haselzweigen
lief ein Bach,
da lief ich einer nach,
die wollte mir was zeigen.

Über Schutt und Heide
streiften wir,
und sie sagte mir,
dass ich ganz unnütz leide.

In verwaisten Trümmern
spielten wir,
und sie zeigte mir
ein Schloss mit vielen Zimmern.

In verwaisten Betten
schliefen wir,
und sie zeigte mir,
die Welt war noch zu retten.

NACHKRIEG

Der Mond steht nicht still.
Er hält mit mir Schritt
auf meinem Schulweg
die Landstraße lang.

Drei Kilometer
am Zaun der Kasernen,
wo Flüchtlinge hausen,
und an den Schienen
der Straßenbahn.
Die ist zu teuer.

Der Wind macht mir Beine.
Er wirft mich nicht um,
er schubst mich nur.
Da lauf ich noch schneller.

Ich friere ein bisschen.
Im Schulhaus wird's warm.
Ich krieg Lebertran.
Ich darf keinen Freund
nach Hause mitbringen,
sonst gibt es Ärger.

Streng geht's bei uns zu.
Mein Großvater mag mich.

Er liest in der Bibel.
Er hat nichts zu melden.

Dann hängt er sich auf.
Ich weiß nicht warum.
Ich habe Hunger,
die anderen auch.
Bloß, die sind größer
und klauen schon.

Der Krieg ist schuld.
Die Nazis eben.
Das sagen alle.
Ich kenne keinen.

Es gibt keine mehr.
Ich bin jetzt schon sechs
und hab mich verliebt
in den Pullover
der Lehrerin.
Ob sie was merkt?

Sie malt an die Tafel
ein A und ein O.
Ich pass oft nicht auf –
“Du träumst schon wieder.”

Ich komm oft zu spät.
Ich mache mir einmal

die Hose nass,
da lachen alle.
Die Lehrerin nicht.
Ich glaube, sie mag mich.

GEDÄCHTNISLÜCKE

Im Hungerwinter,
ich ging schon zur Schule,
durften wir dankbar
sein, denn wir wurden
manchmal noch satt.
Wenn's Brotsuppe gab,
war's ein Fest.

Öfter mal gab es
Buchweizengrütze,
und auch nicht immer.
Ich kriegte den Brei
nicht runter, Großmutter
verbannte mich
in die Waschküche,
"damit er begreift,
was hungrig sein heißt".
Da hockte ich Stunden
auf kaltem Zement.

Ob ich den Teller
später noch leer aß
oder bei meiner
Weigerung blieb,
weiß ich nicht mehr,
obwohl sich doch damit
etwas entschied.

BISKAYA

Vater? Nur ein armer junger
dummer Kerl voll Lebenshunger,
dessen Hand ich nicht mehr fand –
fiel, wie's hieß, für's Vaterland,
Führer, Volk etcetera,
dreiundvierzig, im Julei.

Biskaya heißt sein Wassergrab.
Er war dreißig, ich kaum drei,
da war es schon mit ihm vorbei,
ich hab ihn also kaum gekannt
und fuhr erst spät an jenen Strand
und meinte, dort wär ich ihm nah,
doch er war auch dort nicht da.

ENGEL

Die Engel damals
im Schlafzimmer
meiner Großeltern –
ich hatte dort, sagten sie,
nichts zu suchen
und schlich nur manchmal
heimlich hinein.

Sie tanzten im Mondlicht
rosa und weiß
und groß geflügelt
über der Wiese, die war,
was ich noch nicht wusste,
vermint.

Und sie hüteten sich,
mit ihren Füßen
den Boden zu streifen.
So kamen wir alle
heil davon.

WOLKENFALL

Novembernass
und kalt war die Wolke,
aus der ich fiel,
wenn auch nicht tief.

Ich schrie, da fing mich
gleich weich und warm
eine andere auf –
und ich lieg wie zuhaus
mit geschlossenen Augen
im Daunenbett.

Ich weiß,
wenn ich aufsteh,
das Fenster öffne,
legt sich das Glück
leicht wie die Luft
auf meine Schulter.

Unnütze Furcht,
es könnte mich drücken
wie der Goldklumpen jenen
einfältigen Burschen.

Da draußen steht
meine Mutter mit mir
unterm Apfelbaum,

lacht mich an
und setzt mir
ihren Strohhut auf.

Das ist Deine Krone,
sagt sie und singt
fröhlich und falsch
ein Kinderlied, das mich

Mit ihr versöhnt
und mit mir.

GLÜCKSFALL

Du kannst schon helfen,
sagte die Tante,
auch wenn du erst
fünf bist, bleib hier im Stall
einfach stehn und pass auf
und sag schnell Bescheid,
wenn das Kalb kommt.

Stunden stand ich
hinter der Kuh, die
geduldiger war
als ich, der nicht ganz
dran glaubte, ich traute
mich nur nicht vom Fleck.
Dann kam es, ich rief
nach der Tante.

Vorsichtig zog sie,
es glitschte heraus,
dann stand es nass
auf zitternden Beinchen
und saugte sich fest
an den Zitzen, die Kuh
stand ganz still
und ich wurde gelobt.

Am Morgen danach
durfte ich endlich
dem Kälbchen die Hand
ins Mäulchen stecken,
es saugt schon kräftig
mit rauher Zunge,
wie das kitzelte – nie
vergaß ich den Tag.

Und auch nicht, wie abends
die Bomber dröhnten.
Die tun uns nichts,
sagte die Tante,
die fliegen nach Bremen,
wir müssen nicht
in den Bunker, wir
haben Glück.

DORFLEBEN

Schmarotzer du,
Judenbengel,
schimpfte der Nachbar,
da hockte ich
in seinem Apfelbaum
und entkam ihm knapp.

Am Abend
fragte ich nach
bei den Großen
und hörte von Menschen
mit krummen Nasen,
die ehrliche Leute
wie uns beklaun
und übers Ohr haun.

Wir hielten zusammen –
nur, dass kaum einer
im Dorf dem andern
was gönnte.
Hamsterern gaben wir
wenig für viel
und regten uns auf,
als die Flüchtlinge kamen,
wie dreckig die waren.

Sie hatten Läuse
und kriegten
ihr eigenes Plumpsklo
im Bretterverschlag
hinter dem Haus.
Und sie sprachen
so komisch.

Später
wurde es besser,
und von den Juden
hörte ich lange
nichts mehr.

GRASFRESSER

Vor den Gänsen
hatte ich Angst,
wenn sie bös wurden,
musste ich rennen.

Wieso kann der Fuchs
die Gans stehlen,
dachte ich mir,
warum gehn sie nicht

Alle zugleich
mit fauchenden Schnäbeln
und schlagenden Flügeln
auf ihn los.

Grasfresser
können nur flüchten,
behauptete später
der Lehrer.

Wenn schon nicht Löwe,
nahm ich mir vor,
werde ich
wenigstens Fuchs.

Oder gleich der Jäger.

DER UNTERGANG

Am Anfang war nur Qual,
er lag im Dreck,
das Ende war banal,
er war halt endlich weg.

Dazwischen, war da was?
Dazwischen, wie bekannt,
war Heldenglanz und Menschenhass,
war Totentanz im Trümmerland.

Darüber wächst längst Gras,
und mir wuchs graues Haar,
doch unterm Haar wird umgepflügt,
wird aufgepflügt, was war.

MITMACHER

Kalt kriecht es mir über die Haut.
Von draußen dringt hierher kein Laut.
Hinter mir schließt sich die Tür.

Hier drinnen soll etwas beginnen.
Ein Experiment, sagt man mir.
Wir können dabei nur gewinnen.

Ich war ja zunächst nicht dafür.
Aber jetzt bin ich mal hier.

LEDERMÄNTEL

Vorbei ist's mit der Ruh,
dabei schlägt's eben vier
und eine Wagentür
schlägt beinah harmlos zu.

Stell dich ans Fenster, sieh
im Schatten unterm Baum
die Ledermäntel stehn,
gleich wird die Klingel gehn.

Was hilft es, zu beschwörn,
dass diese Zeiten nie
und nimmer wiederkehrn.

Sagt mir denn keiner, wie
ich diesem Kopfschmerztraum
dies eine mal entflieh –

TEUTONISCHES TRINKLIED

Wir machen noch ein Fass auf
und haun nicht nur aus Spaß drauf,
wir heizen unsern Hass auf
und können ihn und uns nicht zügeln.

Wir gehen aus auf Beute
und heulen in der Meute
und finden dann schon Leute,
die nicht wie wir, die wehrlos sind.

Die wolln wir schwer verprügeln,
die schlagen wir schön blutig
und fühlen uns noch mutig,
wenn wir von Grund auf ehrlos sind.

Nur scheinbar geht's um Ziele,
das sind nur Kinderspiele,
doch wir sind furchtbar wichtig
und nach der Heldenrolle süchtig.

Und darin sind wir viele
zur Rechten und zur Linken,
wir sehn den Ruhm noch winken,
wenn wir in Schändlichkeit versinken.

GROSSER AUFTRITT

Die Uniform, wie gut sie sitzt,
nicht schief und nicht verrutscht,
der Mann hat grad geputscht
und auf dem breiten Brustkorb blitzt
Orden neben Orden
für's Plündern, Foltern, Morden
in nicht erklärten Kriegen.

Er spricht so schlicht von seiner Pflicht,
mehr sagt er nicht, doch im Gesicht
erkennt man das Vergnügen.

KOPFSTEINPFLASTER

Kopfsteinpflaster
war der Raster
meiner frühen Jahre,
die ich mir bewahre
wie die Katze hinterm Fenster
und den Köter an der Tonne,
das Gekreisch aus fremden Höfen
und vom Hafen her das Dröhnen,
in der Stadt die alten Gänge,
den gehetzten Gang der Städter,
das Gedränge, das mich schreckte
und aus meinem Tagtraum weckte,
Filmplakate, die ich las,
Mädchen, die ich nicht vergaß,
Fabelwesen, scheu und schüchtern.

Ihre schönen langen Haare
und das Licht auf den Gesichtern,
das Begehren, das mich quälte,
und die Liebe, die mir fehlte,
Heftchen unter der Matratze
und die Strenge großer Leute
und die Enge ihrer Lehren,
meine Schwüre, mich zu wehren,
und das Pochen an den Schläfen,
von den Türmen das Geläute
und das Heulen der Sirenen,

meine Furcht vor Feuerstürmen
und den Trost der güldnen Sonne
im Gesang voll Freud und Wonne
und im Dunkeln die Gespenster.

SCHLEHEN

Am Waldrand noch die Schlehen,
auf Nachbars Dach die Krähen,
und aus dem Äther krächzt es so
wie damals aus dem Radio –

Wie damals, als mir kalt war
und in der Luft Gewalt war
und meine Mutter plötzlich alt war.

AMERIKA

Reklamebild im Zug,
ein Schiff.
An seinem Bug ein Wort –
Amerika.

Die Band an Bord –
ein Sound,
verlangend, dass ich
auf Atlantikwellen Blues
und Tango tanze.

Und schon steht
an der Reling meine ganze
Jugend da.
Nur ich bin fort.

DAS PARADIES WAR EINE SOMMERFRISCHE

DIESSEITS VON EDEN

Das Paradies war eine Sommerfrische,
in die sich einst ein junges Paar verirrte –
er stieg ihr nach, die ihm den Sinn verwirrte,
und später setzten sie sich brav zu Tische
im Garten einer alten Bauernschänke
und hatten keinen Blick für andere Leute.

Im nahen Teiche schwammen große Fische,
und gegenüber kam das Vieh zur Tränke,
ein Kerl mit Hörnern schlug sich in die Büsche,
als gäb es in der Gegend keine Beute,
die Schlange schlängelte sich still beiseite,
indes der Wind in hohen Kronen raunte.

Und in der Ferne stand ein Gott und staunte –
er sah nicht aus, als ob ihn etwas reute,
und anders, als in jenem Buch beschrieben,
hat er die beiden nicht vom Ort vertrieben.
Sie waren es, die ihm den Rücken kehrten,
doch lange noch von jenem Tage zehrten.

TANZT, IHR SCHLANGEN

Tanzt, ihr Schlangen, tanzt
nach meiner Flöte.
Das Gift aus euren Blicken
saug ich auf und geb es
in mein Spiel. So geht es
Tage, Nächte, Wochen,
bis der Schlaf euch
Ring an Ring um seine
sanften Finger wickelt,
und ich werfe meine
Flöte in das Feuer –

Und stehle mir
gelassen meine Frucht
vom Baum.

GESTÄNDNIS

Blast die Fahndung ab,
ich stelle euch
einen Täter, ich habe
das Kind ermordet,
unter Büsche geschleift,
vergrub im Wald
die Puppengestalt,
vergaß fast ganz,
warum ich morgens
mich wälze, stöhne,
triefe vom Schweiß,
dann nimmt mich die Frau
in den Arm, spricht mich an,
du hast nur geträumt.

Ich weiß, sie hat unrecht,
ich war es, ich bin es,
auch ohne Beweis
klebt es an mir,
es wäscht sich nicht ab,
ich fürchte den Schlaf
und das Wachen, ich drehe
den Spiegel zur Wand,
vor fremden Gesichtern
senk ich den Blick
und warte, dass einer
Hand an mich legt

und mich fragt nach dem Kind,
das ich war.

RACHSUCHT

Meine Meisen, meine Finken,
die mir mit den Flügeln winken
mich mit ihrem Flug entzücken,
sich auf meinen Rasen setzen,
körnersatt die Schnäbel wetzen –

Sind, wer weiß, verkappte Drachen,
die sich hinter meinem Rücken
ohne Hemmung lustig machen,
mich verraten, mich verlachen,
während schon auf leisen Sohlen
sich die Katze nähert, nein!

Nein, ich will nicht schuldig sein,
will es jedenfalls nicht wissen,
was ich weiß: dass alle, die
mich verpfeifen, sterben müssen.
Schrecklich, wie die Meise schrie.

JAGDFIEBER

Die Amsel pfeift mir eins vorm Morgengraun,
will wohl ihr Nest in meinem Garten baun,
ich aber mag dem Himmel nicht mehr traun,
muss, sie zu schützen, nach dem Räuber schaun.

Sie ist zwar nicht bedroht, soweit bekannt,
als Art in diesem aufgeräumten Land,
doch ich hab früh die Flinte schon zur Hand,
hab sie entsichert und mich selbst gespannt.

Die Zeit vorm Schuss ist wie ein Meditiern,
ich mag mich ganz an dieses Glück verliern,
im frühen Licht grad mal den Finger rührn,
doch vorher noch das alte Fieber schürn.

Erscheint der Greifer, endet seine Zeit,
auch wenn ich längst den großen Zorn vermeid
und mich wie nebenbei zum Schuss entscheid
als einer, den das Ungetane reut.

FRÜHLINGSLÄRM

Sturmgeheule,
Balken kracht,
jemand lacht,
ich lauf dumm
durch das Haus,
horch hinaus
in den Graus
drauß.

Glotze an!
Sind Tiere dran,
Waldohreule,
wie sie schweift
schnell und stumm
durch die Nacht,
und sie greift
sich die Maus.
Aus.

Frühlingstag,
Lerchenschlag
himmelhoch,
Wolkenloch,
Luft wie Watte,
aber noch
pfeift die Ratte,

die ich hass,
im Gelass.

Ist ja krass,
die ist reif,
Kater jag,
Köter fass,
mach sie kalt,
und das bald.
Doch ich klag
um die Maus.
Bloß, warum?

MORGEN-GRAUEN

Morgens quäl ich
mich raus,
steh vor'm Spiegel
und würge.

Aus der Kehle
würg ich
den Skorpion
und huste
aus voller Lunge
Hornissennester,
saug aus den Adern
den Quallenbrand,
kämm aus dem Haar
das Spinnengift,
aus dem Hirn
die Mordgedanken.

Wozu der Krampf,
vergeblich versuche
ich auszuwürgen
mein Böses.
Und wenn es am Ende
gelänge, was bliebe
von mir?

FESTFREUDEN

Meine Seele, falls es sie
gibt, ist keine pilgerfromme,
möchte heidnisch heiter wandern,
sehnt sich aus der Leibeshöhle
heimlich hin zu einer andern.

Doch auch dort ist alles finster,
Rose, Lilie wächst da nie,
nur davor ein zäher Ginster,
drinnen frisst der Säbelzahn=
Tiger einen Weihnachtsmann.

Was er davon übrig lässt,
reicht noch fürs Familienfest,
und die gute Tigerin
schiebt dem Kind ein Rippchen hin,
dass das Kleine nicht verkomme.

Ginsterdickicht, wie erwähnt,
steht davor als Hexenbesen,
und die arme Seele sehnt
(plötzlich doch ein scheues Wesen)
sich ins alte Heim zurück.

WALPURGISNACHT

Heut Nacht flog ich wieder
über den Blocksberg,
mein Mietbesen war
nicht teuer, die Hexen
lustig, die alte Dampflok
verschnaufte sich still,
ein arg gealterter
Mond kam mir fast
amüsiert vor.

Das ist mal was andres,
dachte ich mir,
als dieser fade
Valentinstag
oder Halloween
mit den Kürbisgesichtern,
und ich muss auch keine
Geschenke machen,
die Hexen freun sich

Auch so, es kommt ja
sonst kaum noch einer
zu ihnen herauf,
sie brauchen doch auch
Bewunderung, Zuspruch
und Beifall, nicht anders

als alle die andern
Sternchen, die uns
wie Funken umtanzen.

DER ERSTE GANG

Der erste Gang.
Noch kräht kein Hahn
den Tag herbei.

Der Wald steht stumm.
Nur meine Furcht
ist schon erwacht.

Sie liegt am Waldrand
auf der Lauer,
schussbereit.

Wind kommt auf,
der Wald darf rauschen,
Hunde schlagen an.

Kühe brüllen,
und Motoren
starten einen Alltag.

Das erste Blau
zieht auf
und spannt sein Dach.

Die Furcht ist fort,
und jetzt sind auch
die Hähne da.

HEXENWETTER

Die grauen Hexen
huschen heran,
peitschen das Rebland
mit Regenbesen.

Der steinerne Gott
reckt sich, blinzelt,
hält sich die Hand
vor die Augen,

Schüttelt die Locken
traubig und schwer,
legt seinen Kopf
in den Nacken.

Der Herr des Weinbergs
blättert im Buch,
beim Lesen war er
kurz eingenickt.

Mit lässiger Hand
verscheucht er die Hexen
und schlägt einen neuen
hellblauen Tag auf.

SCHWARZE VÖGEL

Schwarze Vögel, Krähen, Dohlen,
Rabeneltern, Kindergraus
wollen mich im Dunkel holen,
scheuchen mich um's leere Haus.

Flattern über jedem Wege,
krächzen hinter Busch und Stein,
kreischen wie im Holz die Säge,
schrecken mich durch Fleisch und Bein.

Meinen Körper könnt ihr kriegen,
meine Seele kriegt ihr nicht,
wird dem Licht entgegenfliegen
bis zum großen Weltgericht.

Weltgericht wird's niemals geben,
und die Seele gab es nie –
hackt mir nur ins arme Leben,
doch, wenn's geht, erst morgen früh.

Morgen über Haus und Hügel
kräht der Tag mir, dass ich bin,
und dem armen Nachtgeflügel
streu ich ein paar Körner hin.

FRÜH-STÜCK

Grad sechs Uhr früh.
Befund: Hin ist die Ruh,
und nichts läuft heute rund.
Das Bad besetzt von ihr,
du bist zu spät gestartet.
Dich drängt die schwache Blase,
dein müdes Herz tut weh,
und die verrotzte Nase
hält die Luft an.

Man müsste mal zur Kur.
Das Nachtgevögel hebt
sich schwirrend in die Höh
und krächzt den Himmel zu.
Sonst tut sich gar nichts, nur
dein Gaumensegel bebt
und flattert ohne Grund.
Da endlich klappt die Tür.
Das Bad ist frei? Sie wartet?

Sieh an, dein alter Kahn
kommt schließlich doch voran
und wiegt sich auf dem See
aus Kaffee oder Tee.
Befund: Man ist gesund,
beinah. Man lebt.

HÄNGEMATTEN

Die Hängematte hängt
am Baum und schwingt
im Wind, die Lerche singt,
der Specht klopft an die Rinde.
Ich schwinge mit und binde
mich gern hier fest, ich finde
es nicht so schlecht, ich künde:

Ein jeder Traum
braucht seinen Raum,
braucht Grenze, Zaun und Mauer,
um seine Trauer
auf Dauer einzugrenzen.
Von draußen unbedrängt
darf ich das Dasein schwänzen.

II

Die Hängematte schaukelt leer,
ein buntgestreifter Sichelmond
im Wind, die Blumen nicken, und
die Zweige tragen leicht
die frühen Früchte.

Kein Mensch nimmt Platz
im Bild. Wir halten uns
im Haus versteckt.
Den Himmel kreuzen
silberne Geschosse.

ZWISCHEN DEN KRATERN

Hinter den Bergen
landet der Mond
rot und weich
in den Wäldern,
kein Laut fliegt herüber.

Unruhig
schlagen die Funken
zum Himmel.

Sterntrümmern gleich
schlagen die Fragen
neben mir ein.

Zwischen den Kratern
wag ich in der Nacht
keinen Schritt.
Wohin auch.

KLEINGELD

Der junge,
sich brüstende Tag
wirft eine goldene
Münze durchs Fenster
aufs Bett. Das ist zuviel,
ich hab ja kein
Kleingeld, um etwas
herauszugeben.

So steck ich sie ein
und lobe
den Morgen.

SCHWIND UND SÜCHTIG

Ein bisschen Gold und Eisen,
ein bisschen Glas und Kling,
ein bisschen Geld und Reisen,
ein bisschen Held und Ring.

Ein bisschen Blick und Bände,
ein bisschen Bums und Ball,
ein bisschen Herz und Hände,
ein bisschen Knie und Fall.

Ein bisschen Schmelz und Wimpern,
ein bisschen Schelm und Scharm,
ein bisschen Schmacht und Klimpern,
ein bisschen Schmus und Warm.

Ein bisschen Kuss und Zunge,
ein bisschen Leib und Lust,
ein bisschen Hust und Lunge,
ein bisschen Keuch und Brust.

Ein bisschen Schlag und Stunde,
ein bisschen Blut und Sturz,
ein bisschen Weh und Wunde,
ein bisschen Schluchz und Schnurz.

Ein bisschen Nacht und All,
ein bisschen Schrei und Hall,

ein bisschen Ach und Muss,
ein bisschen Schluss.

HAFENKNEIPE

Ach, dies Grölen
in der Schenke,
an der Tränke
das Erzählen
alter Schwänke
und das Dröhnen
schwerer Schiffe
und das Tönen der Begriffe –
war'n auch Philo=
sophen hier?
Alle soffen
Schnaps und Bier.

Ach, wie rüde
dieses Fluchen
der Berauschten
und das Pfeifen
in der Lunge
und das Schleifen
deiner Schritte
und das Suchen
nach der Mitte,
die nichts hält
und nichts verspricht,
denn es gab
und gibt sie nicht.

Ach, wie deine
Ohren lauschten
auf das Krächzen
alter Kehlen
und das Ächzen
der Gelenke,
ach, wie schmalzig
diese Lieder
und wie müde
deine Glieder,
und wie salzig
schmeckt die Welt
auf deiner Zunge.

LEKTÜRE

Das Schneetreiben draußen,
möchte man meinen,
bringt den Verkehr
zum Erliegen.
Aber er brummt.

Ich lieg hier nicht schlecht
auf meinem Sofa,
schlürf meinen Kaffee,
halt mich am Buch fest,
die Heizung heizt.

Das Buch enthält Lager,
Wachtposten, Schüsse,
Stacheldraht, Hunger,
Verrat und das Kleben
am Weiterleben.

Die Klingel macht endlich
Schluss mit dem Elend.
Wie war's in der Stadt?
Voll, und nichts da,
was halbwegs passt.

Und dann dieser Schnee,
die Bahn blieb stecken,

der reine Terror,
tut gut jetzt, die Wärme –
was liest du denn da?

II

Noch hänge ich nicht
an den Schläuchen,
aber wenn's soweit ist,
sind letzte Worte
nicht drin.

Lasst mich dann nur,
falls ich's noch kann,
ein paar Zeilen lesen.
Sonst lest sie mir vor,
es muss ja nicht
Goethe sein, Hölderlin,
Benn oder sonst einer
der frühen Götter.

Eine Zeitungsnotiz
tut's schon, wie heute die
von dem schweren Unfall
auf der Autobahn drüben,
zwei Pkw, frontal –

Eine ganze Familie,
(Eltern, drei Kinder, ein Hund)
kam heil davon ...
Ein wahres Wunder,

behauptet das Blatt,
und ich möchte ihm
einmal glauben.

WOCHENRÜCKBLICK

Am Montag hab ich's mit den Überfällen,
seh Blaulicht blitzen, hör Sirenen gellen,
die Spur scheint heiß, und Schäferhunde bellen.

Am Dienstag reizen mich Boulevard-Romanzen,
ich schau, für wen und wie die Puppen tanzen,
und wer den Fürsten spielt mit seinen Schranzen.

Am Mittwoch hock ich vor der Rätselecke
und strapazier mein Hirn zum Trainingszwecke
und hoff, dass ich das Lösungswort entdecke.

Am Donnerstag hör ich Politgelaber
und vom Gedöns diverser Amtsinhaber
und finde keinen Sinn im Wirrwarr, aber

Am Freitag retten mich die Kommentare,
die sind so klar, es grenzt ans Wunderbare,
die sind so klug, da sträuben sich die Haare.

Mit Leidenschaft erklärn mir die Kollegen
noch einmal analytisch tief, weswegen
Politiker den eignen Stuhl zersägen.

Am Samstag les ich jeden Fliegenschiss gern,
und hör beglückt, was die Auguren flüstern,
und lege mich ins Gras, es zu bewispern.

Vom Sonntag aber lass ich mir nichts rauben,
hab ich auch Müh, noch irgendwas zu glauben,
ich seh den Spatzen zu und manchmal auch den
  Tauben.

ALTE BILDER

Auf alten Bildern hebt der Knochenmann die Hippe,
du köpfst dir grad ein Ei, da klopft es an die Tür,
du machst nicht auf, wozu, es gilt nicht dir,
im Fernsehn warnt dich einer vor der neusten Grippe.

Jetzt klopft es in der Wand, leicht zittern auch die Scheiben,
in China, zeigt der Bildschirm, hat es schwer gebebt,
ein Vogel pfeift dir was und zeigt dir, dass er lebt,
du nimmst dir noch ein Ei, man muss bei Kräften bleiben.

Das Flimmerbild verlischt, es riecht wie kalter Rauch,
es klopft nicht mehr, der Vogel schweigt, und nur dein Bauch
verlangt das dritte Ei, es wird doch wohl kein Brauch?
Du glaubst schon zu verstehn, was dir der Vogel sang,
das Weltenei mitsamt der Welt, die ihm entsprang,
war eines Gottes Scherz. Dir ist nicht etwa bang?

FRIEDEN

Es riecht nach Frieden.
Sein grauer Engel hockt
am Rand der Stadt,
ein müder Sieger, der
nicht singen mag
auf Trümmerfeldern.

Doch bald ist alles
wieder neu, der Himmel
zeigt noch keinen Sprung,
durch Wälder klirrt
der junge Tag, die Fahnen wehn,
und Hymnen bläst der Wind
auch ihm ins Ohr.

Er aber stellt sich
schlafend, dreht sich
auf die Seite und
mag nicht dran glauben.

HAHNENSCHREI

(Versailles, 19. September 1783)

Ein Hahn, der hell die Hennen ruft,
entschwebt der Erdenschwere,
erhebt sich in die Morgenluft
im Korb der Montgolfière.

Der Hammel blökt, die Ente quakt,
sie sind des Hahns Begleitung
und glotzen blöd, derweil es tagt.
Ein Mensch erfährt die Zeitung

Alsbald von dieser Himmelfahrt,
und er verlernt das Beten,
ihm ist, als stünde er apart,
doch nah den Majestäten

Im großen Park, in den er nie
hätt' heimlich kommen können,
und wüsste gern, warum grad sie
sich dieses Schauspiel gönnen.

Er blieb' am Boden, falls gefragt,
wär niemals aufgestiegen
mit heißer Luft, wie man ihm sagt,
da liegt ihm nichts am Fliegen.

Die Ente quakt, der Hammel blökt,
ein Mensch verharrt im Schweigen,
doch auf den Plätzen unentwegt,
da tanzen sie im Reigen.

Sie woll'n, als wär das Rad entdeckt,
den Fortschritt neu verkünden,
ein Mensch, den dieser Schritt erschreckt,
sieht den Ballon verschwinden.

Er hört noch wolkenfern den Hahn,
hört Ent' und Hammel nicht mehr
und wähnt, als wär's im Fieberwahn,
die Welt vom Himmelslicht leer.

Mit schwerem Schritt strebt er davon
und lässt die Menge feiern,
zuhause gluckt wie ihm zum Lohn
die Henne auf den Eiern.

Er trifft die Frau am Herde an,
ein kleiner Ackerbauer,
er sieht die Kinder, sieht den Ahn,
und jäh ergreift ihn Trauer.

ICH LIEG SCHON MAL PROBE

BEKANNTSCHAFT

Ich lieg schon mal Probe
auf meinem Grab
am Hang, die Sonne
wärmt mich.

Wespen und Falter
nehmen mich nicht
zur Kenntnis, sie
haben zu tun.

Die Amsel nur bietet
mir einen Wurm an
und pfeift mir was,
als ich mich erhebe

Und höflich bedanke,
es könnte ja sein,
dass man sich bald wieder
begegnet.

SCHNEEMOND

Unterm Schneemond wird dein Haar
weißer noch, als es schon war,
und dein Kopf wird wieder klar.

Eine Schneefrau ganz in Weiß
zieht auf Kufen Kreis um Kreis,
tanzt in Wirbeln übers Eis.

Nur den Schneebaum drückt die Last,
knickt den Zweig und beugt den Ast.
Schwarze Vögel halten Rast.

Geh, bist kein willkommner Gast,
machen streng und starr dir weis
die Propheten im Talar.

Mondschnee leuchtet wunderbar.

MONDLAND

Silbern schweigt der Mond ins Tal,
und es wäre genial,
könnt es einmal dabei bleiben,
aber aus dem Schoß der Berge
kriecht die Hexe mit dem Zwerge.

Nein, ich möchte nicht beschreiben,
fände mancher es auch geil,
was die in den Büschen treiben,
mögen andere sich dran reiben –

Nein, ich wende meine Sinn
lieber an das Große, Ganze
und nehm deshalb an dem Tanze
der Hormone hier nicht teil.

Der ich gern den Mond entstaube,
aber seinem Schein nicht glaube –
und werf dennoch ihm zum Raube
meine innere Bestie hin,
deren Beute ich sonst bin.

DIE ARCHE

Großer Mond
leuchtet rund,
meine Arche
sitzt auf Grund.

Weltraumwellen
strahlen kalt,
Hunde bellen,
Peitsche knallt.

Wieder Stille
weit und breit
Wunsch und Wille
eingeschneit.

Kaltes Licht
erquickt mich nicht,
das Gedicht
entrückt mich nicht.

Und die Arche
wird verheizt,
weil ein Gott
mit Liebe geizt.

HUNDSNÄCHTE

Ich bin der arme Hund, der vor der Höhle wacht
und laut zum Monde bellt in dieser klaren Nacht,
der Drache drin hat sicher wieder nachgedacht,
ob er mich heute auch genug gequält.

In Anbetracht, dass er dort stumm die Stunden zählt
und kaum mehr weiß, wie soll er sich die Zeit vertreiben,
da die Prinzessin schweigt und schweigt und nie mehr lacht,
verbliebe ihm sonst nur, sich zu entleiben.

Ob ich mich selbst entseel, hab ich mich oft gefragt,
doch ließe ich den Mond, der mich zum Freund erwählt,
dann ganz allein, das wäre hundsgemein.

Ich aber bin ein treuer Hund und will es sein
und will des Nachtgefährten alter ego bleiben,
schau zu ihm auf und belle, bis es tagt.

STEINZEITZEUGEN

Den Heidehügel krönen Steine,
darunter ruhen die Gebeine
von, wie man früher sagte, Hünen –
man weiß nicht eben viel von ihnen,
doch hilft mir der Gedanke weiter,
mehr noch, die Aussicht stimmt mich heiter,
ein solches Grabmal könnte meins sein
und ich hier mit der Erde eins sein,
und oben rätselten die Leute,
wer da im Untergrund verwese.

Und ob den je sein Dasein freute
und nicht als ein verfehltes reute,
und ob man je das Rätsel löse,
was so ein Mal genau bedeute –
indes ein Dackel ohne Leine
sein Krummbein höb an meinem Steine,
und dies mit Recht, wär eben hier
doch Stein nebst Hügel sein Revier,
und dann geht so ein armer Hund
ja auch zu Grund.

WARNUNG

Hier sind immer mehr Weiße Haie,
manche fallen selbst Nichtschwimmer an,
und wer rausschwimmt, kommt gleich an die
   Reihe,
wer an Land bleibt, kommt folglich nicht dran.

Mag ein jeder sich kühl überlegen,
ob dies Abenteuer ihn lockt,
und wenn nicht, weiß er eben, weswegen
er gelangweilt im Strandlokal hockt.

Deshalb warnen hier überall Schilder,
dass hier Schwimmen verboten ist,
noch der weißeste Hai ist ein wilder,
der im Zweifel auch Schwimmer gern frisst.

O Freiheit, wie wir dich einst meinten,
hier am Strand sind wir nicht mehr so frei,
weil wir zu viele Schwimmer beweinten,
doch wir dürfen dem Weißen Hai.

Nicht ausschließlich die Schuld daran geben,
weil er schließlich nicht anders kann,
auch der weißeste Hai muss doch leben,
liebe Schwimmer, jetzt denkt halt daran –

Sollte einer sein Bein hier einbüßen
und vielleicht auch das Leben, nun ja,
mag ihm dies die Erkenntnis versüßen,
dass es für die Freiheit geschah.

WINTERMORGEN

Das erste Leuchten legt sich weich
auf Autoblech und Eisengleise,
der Sonnenwagen schleicht so leise,
als wären wir ertaubte Greise.
Am Gartengatter speit ein Scheich
die Reste seiner Abendspeise,
ein Indianer tut's ihm gleich,
Erbrochnes eitert in den Schnee,
so sagen wir dem Fleisch ade.

Die karge Zeit, die nun beginnt,
beginnst du fromm fast wie ein Kind,
das noch der frühen Sage glaubt –
auch deine Welt war geisterreich,
wie Kinderwelten immer sind,
auch du erwachtest geisterblind
und deines Nachtgesichts beraubt.
Von wem, ist heute ziemlich gleich.

FOTO

Hinten die Wälder,
Streifen der Schwermut,
dahinter die Küste,
Grenze des Meeres,
das überfließt
in den Himmel.
Nur schwach
erhebt sich die Brandung.

Im Vordergrund:
Nichts.
Da solltest
du sein.

KERLE

Wenn es dich rauszieht,
bleib ruhig und lass dich
treiben, versuch es
seitlich versetzt
später noch einmal,
ans Ufer zu kommen,
rieten die Retter
und hissten die roten
Flaggen, die hier,
wie's schien, keiner sah.

Ich wagte mich weit
nach draußen bis hinter
die letzte Boje, riskierte
wenig auch ohne
Brett und Flossen
im Spiel der Wellen
mit mir, mich störten
nur manchmal die Quallen,
die ich damals hasste,
die feurigen, schönen.

Das Meer war unendlich,
und wir waren Kerle,
die Mädchen taten,
als merkten sie nichts,

bei Sturm nur kamen
sie gar nicht erst mit.
Die See nahm uns ernst,
sie kämpfte mit uns
und ließ uns am Ende
heil wieder raus.

Den Alten zu Hause
erzählten wir nichts,
sie sagten ja auch nichts,
sie hatten zu tun,
uns durchzubringen,
und einige bauten
schon wieder Häuser
und fuhren Autos,
als wir unsere heimlichen
Kriege gewannen.

VOR DEM WIND

Das wär's doch –
zum Ende, wenn's geht
mit der Kaltblütigkeit
der seefesten Rentner, die nichts
mehr beweisen müssen
und für Kreuzfahrten noch
zu lebendig sind,
nur der Sportsmann sein,
der kein Spiel verdirbt.

Ägäische Welt –
die See liegt ruhig, soll doch
Elektra sich rächen, Orest
die Mutter umbringen,
von Ödipus, dem ewig
beschwatzten, kein Wort mehr.
Einfach tief Luft holen,
Kraft schöpfen vor
dem großen Vergessen.

Kumpel, Krawallbruder,
Austeiler, Aufsteiger,
Raffer, Riskierer,
Witzbold und Weinfreund –
alles längst in der
Bilanz versteckt.

Jetzt geht's noch um Haltung
und rutschfeste Schuhe,
wenn's rauer bläst.

Wie leicht doch der Kahn
vorm Wind läuft, die Crew
macht ihr Ding, als wäre
das Meer ihr Spielplatz.
Sie machen lassen
und notfalls den alten
Weltweisen geben und,
wenn's soweit ist, ohne
Tamtam von Bord.

Das wär's doch.

SOMMERTAGE

Mein Herz,
ein blutroter Falter,
flügelt
ins Mohnfeld hinüber,
wo du, meine Schöne,
auf Beute wartest.

II

Im Sommer draußen
auf dem Rücken
liegend seh ich
durch dein Haar
den Himmel.

Wie leer er wäre,
sähe ich nur ihn.

III

Hoher Tag, die Bläue spannt
sich wie gläsern bis zum Rand
der, man glaubt's nicht, stillen Welt.

Müßig unterm Sommerhoch
fügt das Ich sich unters Joch.

FESTIVAL

Der Himmel bauscht in Seide,
das Licht fährt über See,
Madame im weißen Kleide
posiert vor'm letzten Schnee.

Madame ist nicht von gestern
und blickt nicht gern zurück,
schaut Krimi nicht noch Western
und glaubt noch an das Glück.

Das Glück weht über Meere
und blaue Buchten her,
solang ich es begehre,
bin ich, danach nicht mehr.

Wir tanzen Wortwitztänze
zum Festival des Lichts,
der Himmel ist die Grenze,
dahinter liegt das Nichts.

FRÜHLINGSZWÄNGE

Auf hohen Stielen wachsen bunte Blüten,
geformt wie Frauen, die durch Säle schreiten,
am Himmel explodieren Wundertüten,
hat man das je gesehn in unseren Breiten.

Es muss ein Neues in den Sternen liegen,
der alten Wunder kann es keines sein,
ich bin bereit und lasse mich betrügen
und breche auf und schleppe mein Gebein

Beherzt hinauf auf einen hohen Hügel,
das Mondboot segelt lässig drüber hin,
der Wald entflammt, den Häusern wachsen
  Flügel,
kein müdes Denken grübelt nach dem Sinn.

Nicht lange, und du blinzelst in die Sonne,
die Mondfrau geht im leichten Kleid von Bord,
ein Kinderchor singt fern von Freud und Wonne –
jetzt wär die Zeit für den perfekten Mord,

Den ich schon immer mal begehen wollte
und wusst' nur nicht, an wem, doch war mir klar,
dass ich mich nicht erwischen lassen sollte,
ich sprach davon zu Kumpeln an der Bar,

An der ich heute Abend wieder hänge,
man mag mich dort und scherzt und lacht mit
mir,
ich trink mich müd, ich kenne meine Zwänge
und rette eine Fliege aus dem Bier.

ZEITREISE

Fuhr mit Goethen in der Bahn
(doch, die gab's, es war kein Wahn)
durch das weite Tal der Lahn –
Gießen öde, wie betrüblich,
Wetzlar besser, Weilburg lieblich
bis zur Mündung, fuhr den Rhein
bald stromaufwärts hin zum Main,
wollt' er mir sein Frankfurt zeigen?

Als er's sah, fiel er in Schweigen,
sprach dann, kaum sich fassend, nur
von des Schöpfers Allnatur
und den Farben, deren Sein
unbezweifelbar bestehe,
hob dann indigniert die Brauen –
ja, ein Narr sei, wer's nicht sehe,
schalt er fast: Ihr müsst nur schauen!

Endlich sprach er von den Frauen,
deren jede, die er kannte,
ihm als Bild im Herzen brannte –
und sein Feuer wuchs unsäglich,
es zu löschen schien kaum möglich,
denn da flammte Bild in Bild,
und die Glut ward nur gestillt,
so er sich zur Kunst befreit.

Nun, ich schwieg die meiste Zeit
aufgeregt und lernbereit,
fand die Beichte nicht alltäglich,
mich teils glück-, teils eher kläglich,
zerebral begrenzt beweglich,
sah ich aus dem Zeitenzug
stumm auf Qualm und Funkenflug.
Ihm hat's wenig imponiert.

HERBSTWEISE

Der Herbst ist keine Lebenszeit,
der Herbst ist nur der Herbst –
die Fluren stehn entlaubt und weit,
jetzt halte dein Gewehr bereit,
und in den Kolben kerbst
du Art und Zahl des Wildes ein,
das du hier noch erlegst,
indem du kaum den Finger regst.

Die Nacht wird kalt und dünn das Kleid,
die Haut, in der du dich bewegst
und fröstelnd niederlegst –
und wenn du nebenbei erwägst,
wie lang du's hier noch treiben magst
und dich in diese Wälder wagst
und diese Knarre trägst,
gib ihm nicht nach, dem Lebensneid.

BLUMEN

Zum ewigen Gedenken
an Britannias
Gefallene im Grabenkrieg
auf Flanderns Feldern
erkor die Insel sich,
wie jedes Kind dort weiß,
den roten Mohn.

Die Deutschen nahmen
das Vergissmeinnicht –
vergebens, denn die meisten
vergaßen gern und gründlich
die Toten ihrer Schlachten,
als wüchse damit Gras
auch über anderes.

GEH AUS MEIN HERZ UND SUCHE FREUD

PSYCHO-IMAGE

Geh aus, mein Herz, und suche Freud,
gebot sich einst der Geist der Zeit,
bis dass ein Wiener Geistesriese
bescheret uns die Analyse.

Gewissheit möchten heut gewinnen
die Psychologen samt den -innen,
ob denn ihr Image endlich sei
freudlos und analysefrei.

Denn diesem Image in die Quere
kommt seit Jahrzehnten jene Lehre,
darin die Couch, gleich dem Altar,
die Opferbank des Glaubens war.

Des Glaubens, der zu wissen meint,
was andern hypothetisch scheint,
dogmatisch gar, und überhaupt
weiß einer, der sich wissend glaubt,

Noch nicht einmal wie Sokrates,
dass er nichts weiß, indes sein Es
sein Ich bedrängt, das Über-Ich
ließ beide ohnehin im Stich

Mitsamt den Normen, die es setzte,
denn Normen sind zur Zeit das Letzte,
was Geltung hätt im Unbewussten.
So lebst du mit Substanzverlusten,

Fühlst dich von Glauben angelogen,
vom Wissen übern Tisch gezogen,
und hast du dies voll Gram erwogen,
bist du für jede Couch verbogen.

FINDERGLÜCK

Der Sänger schweigt,
der Beifall steigt,
die Geige küsst die Bratsche.
Nur ich, ein Sucher, latsche
mit großen Schritten über's Moor
und habe etwas Dunkles vor.

Ich suche eine Leiche,
'ne braune, keine bleiche,
vielleicht sogar ein Leichenpaar,
das man hier umstandslos ertränkte
und somit ohne Gnade henkte –
manch arme Törin, manchen Tor

Traf's so bei unsern Ahnen,
den Tacitusgermanen,
weil diese zwar Barbaren,
Eroberer und wilde Zecher,
doch Puritaner waren,
gebrochner Sitten strenge Rächer.

Ertappte Ehebrecher,
die mussten es erfahren –
gewiss, das war nicht eben schön,
man muss es aus der Zeit verstehn,
und heute freut es die Museen,
die noch bei Kasse sind.

Die Heide schweigt,
der Morgen zeigt
mir, dass ich ich keine Leiche find –
wenn ich je rauskomm aus dem Moor,
komm ich nachher zu dir geschwind,
wen schert denn das Getratsche.

OKTOBERLIED

Es fällt das Laub, der Nebel steigt,
käm doch ein Weiser, der dir zeigt,
was die Erinnerung nicht kann,
denn sie vergaß das Kind im Mann.

Der Nebel steigt, der Abend naht,
der Weise schweigt, er mag die Tat
nicht, die die Kleinsten früh und hart
hineinstößt in die Gegenwart.

Ach, wir vergehn wie Rauch im Wind,
spricht dann der Weise doch zum Kind,
das Kind sagt nichts, was soll es auch
erwidern, hat es doch den Brauch

Der frommen Sprüche nicht geübt,
was ihm der Weise mild vergibt.
So schweigen beide miteinand.
In Nebel liegt die Welt gebannt.

MEIN HEIM

Mein Heim, diese nachtgraue Hütte,
um die meine Katzen schleichen –
nicht Zahlung, nicht Drohung, nicht Bitte
lässt mich von der Schwelle weichen.

Es wollt' ein Investor hier bauen
mit Blick über Wasser und Wald,
ich kann meinen Katzen vertrauen,
die haben ihn, hoff ich, gekrallt.

Seither ist er spurlos verschwunden,
was ich nicht beklagen mag,
man hat seinen Hut noch gefunden,
den ich gerne im Garten trag.

Im Garten hab ich mein Geflügel,
das lassen die Katzen in Ruh,
dann ist da im Eck noch ein Hügel,
auf dem verrottet ein Schuh.

Mit Seitenblick über die Hecke
verwundern sich schon mal die Leute,
was sich dort im Hügel verstecke.
Ich zeig auf die Katzenmeute.

MEIN FUCHS

In meinem Garten haust ein Fuchs,
er hält sich zwischen Baum und Buchs
verborgen in der Höhle
und ist, ich ahn es, wirklich schlau
und kommt nicht raus aus seinem Bau,
auch wenn ich es befehle.

Ich lass ihn wissen, ich bin hier
der Chef, und er ist nur ein Tier,
ihn scheint es nicht zu stören.
Ich nehm es hin, was soll ich tun,
und lass ihn dort im Dunkel ruhn,
ich kann's ihm nicht verwehren.

So zieh ich mich ins Haus zurück
und denk, vielleicht ist's ja ein Glück,
auf das ich heimlich zähle,
dass er ein eignes Leben führt,
das anders mich und fremd berührt,
fast möcht' ich es verehren.

CUPERTINO, CAL.

Old fellow, have you ever gone to Cupertino
succeeding Rome and Paris, Tokyo, Berlin
and other gorgeous capitals where you have been
and, as you might admit, departed tired.

But did you see the loop pretentiously admired
and later on enjoy a simple glass of vino,
maybe Italian, which could mean it tastes as strange
as feeling happy in a world of reckless change –

Well, if you didn't, there will be no need to go there,
where finally you might just feel like staying nowhere,
except you're trying to escape the risks of love
and turning anywhere in order to get off.

TIBET-TITANEN

An der See, vielleicht in Binz,
Borkum, Kampen, Zinnowitz,
trifft sich sommers Kunz und Hinz
neben Krethi, klar, und Plethi,
und auch Müller, Meier, Schmidt
dackeln in der Menge mit
grad wie wir, sie sind so frei.

Fern indes im Himalay
schaun einander Yak und Yeti
an, als wärn sie just dabei
zu grübeln, ob ein Gott wohl sei –
und es fragt sich, was geschähe,
wenn ein Sonnenbadtouriste
statt an seiner Strandkorbküste
je dort mitzugrübeln wüsste.

Dünne Luft der höchsten Höhe –
leichter wär sie zu ertragen,
und dass dort die Gipfel ragen
ewig wie die Rätselfragen
nach dem Sein, dem Nichts, und gar,
was vorm großen Urknall war,
also was der Urfall war,
wüsst es jemand je zu sagen.

Yak und Yeti scheint es gleich
hoch und nah dem Geisterreich,
was sonst tiefe Denker zwickt,
denen nie die Antwort glückt,
macht's auch manchen schier verrückt,
wie dies Fragen unverzagt
ins Größte sich und Kleinste wagt,
doch nie den einen Punkt erblickt:

Den einen Letzt-Zusammenhang,
den Ein- und Allzusammenklang –
doch würde uns schon viel zuteil
(ganz abgesehn vom Seelenheil),
wenn uns gelänge zu verstehn,
was Yak und Yeti nächtlich sehn.
Doch wer mag jetzt nach Tibet gehn.

BEZIEHUNGSKISTE

Sie hörte ihn an seinem Sarge nageln,
als auf dem Friedhof sie den Kies beharkte,
und eilte hin, ihm solches zu verhageln.

So schlug sie, die mit Schlägen eher kargte,
gleich zu, was er ihr weiter nicht verargte,
die seiner sich mit diesem Schlag erbarmte.

Statt dass er weiter nagelnd sich versargte,
begab sich's, dass er nicht mehr mit sich harmte
und zwischen Gräbern scherzend mit ihr
scharmte.

MIT DEM STROM

Er ist meist grau, nimmt man's genau,
trägt kaum ein Donaublau zur Schau,
heißt Rhein, fließt von der Gletscherhöh
seit je durch jenen großen See,
stürzt schäumend ab als Wasserfall,
auf Wellen tanzt ein Kinderball.

Wo man ihn abschnitt von den Aun,
macht's wenig her, groß hinzuschaun,
doch wo er durch den Schiefer schießt
und drunten wie im Canyon fließt,
indes am Hang der Wein gedeiht,
zückt man die Kamera vor Freud.

Und staunt, klebt eine Burg am Berg,
als wär's zuletzt kein Menschenwerk;
drängt hart am Fels der Strom vorbei,
erschallt das Lied der Loreley;
berührt er Städte, ruhmvoll groß,
erzählt man sich, da wär was los.

Wälzt er sich breit durch Holland hin,
hat, wer es kennt, das Meer im Sinn,
das er, der Strom, zuletzt erreicht,
was einem großen Gleichnis gleicht,
das einem Kopf zu denken gibt.
Auch das macht einen Strom beliebt.

ORDNUNSSINN

Ich wander gern, doch nicht in Gruppen,
seh lieber nachts allein die Schnuppen
und auf dem Schirm die Mördertruppen,
die Bilder von gequälten Welten,
und dass sich nichts verbessert hat
und sich seit Griechen, Römern, Kelten
das Gute nur verwässert hat,
doch nie – nun ja, ich sag mal, selten
geh ich in meinen alten Schuppen.

Hab ewig dort nicht aufgeräumt,
und, leider, mich nie aufgebäumt,
ging wo die Ordnung in die Brüche,
und roch es brenzlig aus der Küche,
die wir das Weltgeschehen nennen,
dacht ich, da kochen ihre Suppen,
die einen langen Löffel haben,
und ich, mit meinen schwachen Gaben,
seh nicht, was wir da machen können.

Zwar hörte ich von weißen Raben,
die uns mit Trost und Hoffnung laben,
ich hörte auch von Friedenstauben,
doch hören heißt nun mal nicht glauben
– ich sitz und kelter meine Trauben
und schau, dass mir ein Wein gerät,
den ich nur trink und nicht verkauf,

und (sag jetzt nicht, es sei zu spät)
im Rausch am Ende komm ich drauf –

Dass mir, ich weiß nicht was, entgeht.
Ich räum jetzt mal den Schuppen auf.

ABGESANG

Müd brüllend trotten Kühe zu den Ställen,
und Schwalben schießen niedrig über Schwellen,
Und Lachse hasten aufwärts durch die Schnellen,
still stehn in weißen Wirbeln die Forellen.

Die schweren Äste tragen noch Morellen,
vor dunklen Ufern jagen die Libellen,
und Tümmler tanzen leicht auf dunklen Wellen,
auf ferner Steppe träumen die Gazellen.

Die Meute will das wunde Wild verbellen,
Barbaren wittern Blut auf Bärenfellen,
und Krieger klagen laut vor Trojas Wällen,
der große Donnerer will Helden fällen.

Odysseus ruft nach seinen Fahrtgesellen,
Lord Byron wirft sich in die Dardanellen,
Mephisto spielt den Intellektuellen
und lässt dem Alten einen Gruß bestellen,

Bewitzelt in Basaren und Bordellen
die leichte Lust von Brunnen und Rondellen,
verrechnet in Konzernen und Kartellen
das leise Licht von Klöstern und Kapellen.

Noch gibt die Erde Saft aus vielen Quellen,
am Rand der Wüste reifen Mirabellen,

an kargen Küsten blühen Immortellen
doch will der letzte Gast die Zeche prellen.

Er träumt nicht mehr vom Gold der Karavellen
und mag nicht Kämpfer sein in Macht-Duellen,
doch liebt er sehr das Flair von Topmodellen
und bucht zum Herbst Antillen und Seychellen.

Zwar tönen Schreie, die uns Warnung gellen,
Verbote wolln den Weg ins Nichts verstellen –
zerfällt die Welt in müde graue Zellen,
seit unsre Hirne sie nicht mehr erhellen?

Wer lässt sich schon den Lebensrausch vergällen,
im Arm ein Glück nach bunten Sommerbällen,
vorm Mund noch Schaum vom letzten großen
  Hellen
und auf dem Kopf die Kappe mit den Schellen.

LISES ANTEIL

Was für die Lahn die Wirtin
und für das Lamm die Wiese
und für den Hund die Hirtin,
für Lichtenberg die Kleine,
für Göttingen die Leine,
die Lore Lay für Heine
und für Marlen' die Beine,
was für den Kahn das Ruder
und für den Kain der Bruder
und für den Wahn die Leere
und für den Ahn die Ehre
und für die Box das Luder,
für Newtons Welt die Schwere
und für die Bahn die Räder,
den Libanon die Zeder,
den Zimmermann der Hobel,
den Zarenpelz der Zobel,
die Domina das Leder,
den Bürger die Verwaltung,
was für das Huhn die Haltung
und für den Preis Herr Nobel
– sagt nicht, dass ich verwirrt bin –
war für den Hahn die Lise
und für den Kern die Spaltung.

FRIEDHOF

Kein Laut, kein Schritt im Kies.
Nur oben in den früh
ergrauten Pappeln wiegen sich
die armen Seelen, die
der Wind vergaß, und mit ihm jener,
der ihn blies.

FINALE

In die letzte Höhle
kriechen wir getrennt –
hilft uns keine Seele
und kein Testament.

Würgen in der Kehle,
und dann ist es aus,
aus der letzten Höhle
kriechst du nicht mehr raus.

Wär die letzte Höhle
doch ein großes Haus,
Kammern gäb's und Säle
für den Abschiedsschmaus.

Und wir ließen's krachen,
dass die Decke bebt,
sich halb tot zu lachen,
zeigt ja, dass man lebt.

An der letzten Pforte
schläft das Lachen ein.
Dort am dunklen Orte
ohne Widerworte
muss ein Ende sein.

DIE ZEIT

Ungehemmt
wie der Wind die Düne kämmt
und den Sand ins Land verweht
und wieder Sand zum Hügel häuft
und das Laub vom Baume streift,
über Gras und Gräber pfeift
und den Mühlenflügel dreht,
obwohl das Mahlwerk nicht mehr läuft,
und den Möwenflügel trägt,
das Gewölk vom Himmel fegt
und das Meer, das Meer bewegt –
ungehemmt
vergeht die Zeit.

Mit Spott und Lust wider den Mainstream

Ein Nachwort von Fritz Pleitgen

Peter Voß habe ich kennengelernt, als ich vom Journalisten zum Intendanten abstieg. Kein Einzelschicksal! Peter Voß war Gleiches beschieden. Dennoch war er nicht mein Wunsch-Kollege. Die Chance hatte er bereits zu seinen ZDF-Zeiten gründlich verspielt, als er sein zum Widerspruch neigendes Wesen mit Wollust ausspielte. Keine Gelegenheit ließ er verstreichen, linken Moralismus mit herabsetzenden Sottisen zu überziehen. Feinfühligkeit zeigte er dabei nicht. Unglücklicherwesie hatte ich berechtigten Grund, mich des Öfteren angesprochen zu fühlen. Hätte ich so einem engstirnig rückwärtsgewandten Typen Feinsinniges wie die Kunst des Dichtens zugetraut? Voß und Poesie? Dass ich nicht lache. Gut, dass ich nie danach gefragt wurde. Ich hätte mich gewaltig geirrt.

In der Intendantenrunde kamen wir uns näher. Nicht nur räumlich! Peter Voß vertrat den Südwestfunk, ich den WDR. Der SWF-Chef zog Seiten auf, die ich bei ihm als Konservativem nicht erwartet hatte. Er zeigte sich tolerant und offen für neue Ideen, bewies sogar Verständnis für Gegenargumente; mal aus tatsächlicher Fairness, mal aus taktischem Kalkül, um – legitimiert durch seine ritterliche Haltung – die eigene Position mit voller Wucht zu vertreten und durchzusetzen.

Dass Intendantensitzungen der ARD selten einvernehmlich über die Bühne gehen und scharfe Kontroversen zur Tagesordnung gehören, kommt Menschen, die souveränen Umgang mit der deutschen Sprache pflegen, sehr entgegen. In dieser Hinsicht war Peter Voß seit seiner Studentenzeit in Göttingen bestens gerüstet. In den bewegten 68er Jahren hatte er als AStA-Vorsitzender und angehender Journalist gelernt, sich nicht nur gegen rhetorisch starke Konkurrenten, sondern auch gegen Mehrheiten zu behaupten. Da er die Arena selten als Verlierer verließ, gehörte die Debatte zu seinen Lieblingsdisziplinen.

Nachdem wir anfangs noch gelegentlich aneinandergeraten waren, fanden wir uns im Laufe der Jahre immer öfter auf derselben Seite wieder, insbesondere bei Fragen des Programms. Da sich beruflich überraschend viel Übereinstimmung entwickelte, kamen wir auch privat gut ins Gespräch. Dabei entdeckte ich einen Menschen von umfassender Bildung und enormer Belesenheit, der Lyrik zugetan, mit einem besonderen Faible für Morgenstern und Ringelnatz. Seine persönliche Verbundenheit mit Literaturgrößen wie Robert Gernhardt, Marcel Reich-Ranicki oder Martin Walser verhehlte er dabei nicht. Deshalb fiel ich nicht aus allen Wolken, als er mir anvertraute, seine Freizeit zu nutzen, um Gedichte zu verfassen.

Längst hatte ich meine ursprüngliche Einschätzung seiner Person revidiert. Auf meinen Wunsch hin deckte mich Peter Voß gleich mit einem Schwung seiner Werke ein, sie gefielen mir auf Anhieb. Es sind fein- und tiefsinnige Betrachtungen unserer derangierten Gegenwart, bisweilen durchtränkt mit genussvoll zu lesender Spottlust. Seine Verse wirken auf angenehme Weise schwerelos, als habe der Autor sie aus dem Ärmel geschüttelt. Um diese Fähigkeit beneide ich den Kollegen sehr. Seine Art, sich mit Verstand und Phantasie dem politischen wie auch publizistischen Mainstream entgegenzustellen, trifft meinen Geschmack. Die Mehrheit unserer Bürgerinnen und Bürger mag es anders sehen, was Peter Voß kaum um den Schlaf bringt.

In unregelmäßigem Abständen bedenkt mich Dichter Voß mit seinen lyrischen Beobachtungen des Zeitgeschehens, zu meinem unverminderten Vergnügen! Allmählich habe ich die Übersicht verloren, deshalb trug ich mich mit dem Gedanken, die PV-Gedichte im Selbstdruck zusammenzufassen, um sie auf dem Nachttisch parat zu haben. Dann kam die erlösende Nachricht, dass eine Sammlung Voßscher Gedichte in Buchform herauskommen soll. Mir ist es eine Ehre und ein Vergnügen, mit einem Nachwort dabei zu sein.

Fritz Pleitgen war von 1995 bis 2007 Intendant des WDR, zuvor u.a. Auslandskorrespondent der ARD in Moskau, Ost-Berlin und Washington.

Inhaltsverzeichnis